句集　まほろば

ヤマト福祉財団小倉昌男賞受賞者を讃えて

書肆アルス

カバー・本文 写真
東大寺大仏殿
「線香立て台座の邪鬼」
撮影　勝野　一
装幀　井原靖章

序文

藤井克徳

世の中に多才な人はごまんと存在するが、花田春兆さんのそれは少しばかり次元を異にする。俳句や随筆の世界は言うに及ばず、文学、歴史、評論、陶芸創作、そして障害分野での活動等々、いずれも一流と言えよう。プロフェッショナルの域にあるものも少なくないが、アマチュアリズムのさわやかさを忘れていない。貫かれているものは明快である。理不尽さや強者へのレジスタンスであり、障害ゆえに辛苦の立場にある者への無償の共感である。こうなると、一流というだけではしっくりこない。春兆流と言った方が正確なのかもしれない。

その春兆流の真髄を成しているのが、「言語」である。春兆さんと言語を重ねるときに、即座に二つの側面が浮上する。一つは、もはやトレードマークとも言えるような「言語障害」である。脳性まひに伴う言語障害は超一流である。そう簡単には聴き取らせてくれない。今一つは、「言葉紡《つむ》ぎの達人」の側面である。コメントは蛇足《だそく》になるが、あえてその特徴を言わせてもらえば、「やわらかくも鋭く、やさしくも強い」となろうか。そして、このことをもう一歩踏み込んで言うならば、「言語の障害」と「言語の生涯」を見事なまでに統合させていると言えよう。

つい表現の妙味や巧《たく》みさに心が引かれてしまいがちであるが、実は春兆さんから学ぶべきはそれだけではない。簡単に言えば、表出という出力の影に、その何倍もの、否何十倍もの感知という入力の努力がある。眼力と傾聴を中心に、全身を感知器にしているに違いない。感じ取ったことを、心を横糸に、言語中枢を縦糸にしながら紡ぐのである。十七文字の世界にしろ、絞り出す端的な発語にしろ、その源泉は感知器に収められた膨大な他者の肉声や情報ということになる。要するに、「言葉紡ぎの達人」は「感知力の達人」に他ならない。

そんな春兆さんが、本書『まほろば』の刊行の運びに至った。ヤマト福祉財団小倉昌男賞の授賞セレモニーの折に、春兆さんから受賞者一人ひとりを詠んだ俳句が贈られるが、本書はそれらの収集がメインとなっている。春兆さんは、言わば俳句と障害問題の双方のプロであり、二つのプロの観点からひねり出される句は格別である。受賞者を称えることはもちろんであるが、漂《ただよ》うのが実践者の背後に存在する障害者への思いである。『人権句集』とも言うべき本書から、多くを感じ取ってほしい。凝縮した言霊《ことだま》から読者個々の生き方や実践の指南とするのもいいのではなかろうか。
　最後に、格別の句集を発刊いただいた花田春兆さんに、万感を込めて賛辞を表したい。

〈ふじい・かつのり／ＮＰＯ法人日本障害者協議会（ＪＤ）代表〉

目次

讃える句

第一回

伊《い》藤《とう》 静《しず》美《み》さん

創《つく》られし郷《さと》と輝《かがや》き合《あ》う麦《むぎ》ぞ

〝郷〟は、一面に輝く麦畑に囲まれ、人や鶏の声に溢れ、どこか拓いて来た人々の汗を滲ませた、明るく懐かしい村のたたずまいを。〝麦〟は、当然尊く輝く一粒の麦。小さな自己と自ら殺して、多くの仲間たちの中に大きく甦る。受賞者とともに、ゴッホの『種撒く人』が力強いタッチで浮かんでくる。（S）

金子《かねこ》 鮎子《あゆこ》さん

励《はげ》まし合《あ》うことを励《はげ》まし花《はな》開《ひら》く

私なりに難産した句だが、ピアカウンセリングの心意気が届くだろうか。仲間作り出来る場所を用意して、巡りあわせてもらえた子供らが、良き相棒と助け合い、励まし合って見る見る成長して行くのを、眼も心も十分に配りながら熱く助けている、受賞者とお仲間への敬意と祝福を籠めたつもり。〝花〟は、さくら。人生の花でもある。（S）

第二回

日《ひ》浦《うら》美《み》智《ち》江《え》さん

個《こ》を越《こ》えて拡《ひろ》がれ花《はな》の親《おや》心《ごころ》

日浦美智江さんは、重度心身障がい児・者とその家族に寄り添うように支援してきました。やがて、横浜市南部で「社会福祉法人　訪問の家 朋《とも》」として結実。全国初の重度心身障がい者通所施設となりました。それから三十年。施設の周囲には草花があふれ、日浦さんが描いた水彩画の草花ひとつひとつが、朋で成長した本人とご家族に重なります。

伊《い》澤《ざわ》雄《ゆう》一《いち》さん

頼《たの》もしき仲《なか》間《ま》ぞ春《はる》の世《よ》を拓《ひら》け

伊澤さんは、二十五年もの長期入院の精神障がい者と出会い、退院促進と地域移行に取り組むこととなりました。ソーシャルワーカーとして共同生活で社会改良を実践。多くの精神障がい者が遠くの病院から戻り、地元で生活を始めました。今では法人もスタッフに恵まれて、新しい課題、家庭に引きこもる若者の自立に取り組もうとしています。

第三回

武田《たけだ》 元《はじめ》さん

雪《ゆき》と競《きそ》う蔵《ざ》王《おう》のパンと豆《とう》腐《ふ》なれ

武田元さんは、卒業後も行き場のない教え子たちの消沈した姿をみて作業所の立ち上げを決意しました。豆腐やおからパン、厚揚げ、牛タンなど幅広い食品加工の分野で知的障がい者を中心に今では三百人に平均五万円の給料を支払っています。障がい者施設とは思えない高品質の食品工場で、障がいのある人たちが胸を張って働いています。

小島《こじま》靖子《せいこ》さん

パンの温《ぬく》もり想《おも》うも雪《ゆき》の授《じゅ》賞式《しょうしき》

小島さんは、条件の悪い路地中にスワンベーカリーを出店しました。パンの専門家にも思いつかない出張販売、訪問販売で販路を拡大し、障がい者が社会と触れ合う機会を創出しました。ついには、パンのお届けサービスを厚生労働省に敢行。スワンの名前が一躍有名になりました。小倉初代理事長も舌を巻くアイデアでした。

第四回

永山《ながやま》 盛秀《もりひで》さん

共《とも》に唄《うた》おう沖《おき》縄《なわ》文《ぶん》化《か》の発《はっ》信《しん》を

永山盛秀さんは、保健所に勤務していたときに精神障がい者の語らいの場を設けました。彼らは精神病院で訪問販売を始めます。回復した人の姿を見た患者の心に希望の光がともりました。「外に出たい」。「また働きたい」。仲間どうしで手分けして、外出許可を取った患者の送迎と職場訪問を毎日行いました。現在の仲間の絆はその時に深まったのです。

谷口《たにぐち》 奈保子《なおこ》さん

輝《かがや》けるパレットが生《う》む春《はる》の色《いろ》

谷口奈保子さんは、結婚後移り住んだ渋谷でボランティアを始めました。長女を小児癌で亡くしたことがきっかけだそうです。養護学校でのボランティアで知的障がい者と出会い、「たまり場ぱれっと」が始まりました。当時集ったボランティアの学生も今では幹部職員となりました。当事者もその家族も渋谷にしっかり根を下ろして暮らしています。

第五回

天野《あまの》 貴彦《たかひこ》さん

手《て》と心《こころ》温《あたた》め合《あ》って配《くば》る膳《ぜん》

小倉初代理事長が始めたパワーアップセミナーでは、一万円からの脱却がテーマでした。参加者の一人でもあった天野さんは、日替わり弁当の需要に気付き、お客さまに喜ばれる味と値段を追求。わずか二年で平均工賃五万円のお店に成長させました。今は、新しい法人を立ち上げて町田を舞台にスワンベーカリーやチョコレートショップを経営しています。

松村《まつむら》 茂利《しげとし》さん

白《しら》息《いき》とうどんの湯《ゆ》気《げ》の生《う》む活《かっ》気《き》

九段下で障がいのある人が調理提供する大阪うどんのお店を経営していました。江戸前の店が多い街にあって、大阪うどんはやさしい味でした。あくまでも障がいのある人が調理し提供することに拘りました。しかし受賞後しばらくして、その一本気なところが裏目にでたのか、経営に行き詰まりお店は閉店となりました。今はどうしているのでしょうか。

第五回　特別賞

秋元《あきもと》　波留夫《はるお》さん

かくしゃくとは君《きみ》のための語白《ごしろ》マフラー

秋元先生は、日本の精神医学・精神医療分野で七十五年に亙《わた》って活躍。一九七〇年代半ば、国立武蔵療養所所長のときに障がいのある人の共同作業所とも出合いました。精神医学の重鎮として医療に携わりながらも、暮らしや仕事にも目配りし、ともすれば、運動の後押しもしてくれたのです。当時の精神障がい者にとってどれほど心強かったことでしょう。

調《しらべ》　一興《かずおき》さん

道半《みちなか》ばふところ手《で》などして居《お》れず

潜水艦乗りとして迎えた終戦。結核療養者として過ごした戦後。復興の進む中、置かれゆく弱者の不条理を身を持って体験した調さんは、「ガリ版印刷」から始まり、結核回復者の働く場による全国コロニー協会などの結成に尽力。徹底した当事者主義で日本の障がい者運動をリードしました。障がい者政策に欧米並みの水準を求めたのです。

第六回

太田《おおた》　勇《いさむ》さん

ボーナス期《き》膨《ふく》らむパンのあたたかさ

太田さんは、調布市の通所授産施設「すまいる」のパン作りを取り入れ月額一万円余の通所者の収入を五万円にまで引き上げる「バイバイプロジェクト」事業計画を策定。その後三年間で目標を達成させました。ボーナスの期待が高まる年末。保護策中心だった施設のカラーをいきいきとした生活感溢れるものに塗りかえることに成功しました。

宮崎《みやざき》　潔《きよし》さん

霜《しも》囲《がこ》い覗《のぞ》く気《き》配《くば》りねんごろに

「障がいのある人がもっと働ける社会を創る」。名古屋市の障がい者雇用支援センター所長として心がけたのは、将来の勤務先と同じような環境を作って実践を積めるようにしたことでした。採用が決まった後も職場訪問でフォローアップ。障がいのある人が現場で不安を感じたりしないように工夫を重ねました。名古屋の就労支援の先駆者です。

第七回

亀井《かめい》　勝《まさる》さん

鐘《かね》も人《ひと》もひびきあうもの去年今年《こぞことし》

一九七〇年代の大阪。共同作業所など、まだわずかの時に亀井勝さんは、共同作業所を開設しました。そこから、時代の変化に置いて行かれないように仕事づくりに邁進。仕事の質が働く人の誇りと結びつくことに気づき洋菓子作りも一流菓子店に納入するまでに。障がいのある人が作ったおいしいケーキが、ひとの心を豊かにしています。

高橋《たかはし》 昌巳《まさみ》さん

功《こう》績《う》みてなほ新《あら》たなる年《とし》用《よう》意《い》

点字図書館づくりなど視覚障がい者の支援を永きに亙《わた》って行ってきた高橋昌巳さん。時代の流れで視覚障がい者の働く場だった三療の世界にも晴眼者が進出し、働く場が急速に狭まりました。そのため、企業と組んでマッサージ業を営む特例子会社を起こすなど工夫を重ねました。視覚障がい者の雇用を守る活動は海外にまでおよんでいます。

第八回

山田《やまだ》 昭義《あきよし》さん

暖炉《だんろ》築《きず》く自《みずか》ら寒《さむ》さ知《し》るゆえに

一九七〇年代 公共施設にエレベーターや車椅子トイレを整備することが重度障がい者の生活上どれだけ大切なことなのか、訴え続けてきた山田さん。パソコンの時代到来ですぐに重度障がい者のソフトウェア請負の職場を作りました。一方で修道院のブドウ畑で障がい者の仕事づくりを研鑽。満を持してワイナリー事業に参入しワインの出荷も始まっています。

西澤《にしざわ》　心《しん》さん

世《よ》を浄《きよ》む箒作《ほうきづく》りも年用意《としようい》

西澤さんが尽力した精神障がい者の働く場づくり。今でこそ、フレンチレストラン、カフェ、そしてブライダルなど地域の資源として地元に浸透しましたが、舞鶴の街でどのようにすれば精神障がい者を受け入れてもらえるのか、試行錯誤が続きました。その時に向き合った自主製品づくり。その込めた思いを仲間が受け継いでいます。

第八回　特別賞

丸山《まるやま》一郎《いちろう》さん

常《つね》に先駆《さきが》け白息《しらいき》豊《ゆた》かに走《はし》り抜《ぬ》く

再び開催される東京オリンピック・パラリンピック。丸山一郎さんの足跡に思いを馳せる機会が多くなっています。一九六四年の東京パラリンピックで学生通訳ボランティアを務め、日本の障がい者福祉の立ちおくれに愕然とした丸山さん。以降のご活躍は、日本とアジアの障がい者福祉を大きく前進させました。次回も「丸山一郎さん」が現れるでしょうか。

低められた天邪鬼の視点だからこそ
見えてくる世界もある。———春兆

第九回

山下《やました》ヤス子《やすこ》さん

高千穂《たかちほ》に映《は》ゆる新雪《しんせつ》国造《くにづく》り

山下さんは筋ジストロフィ症を患いながらも、九州の仲間のために奔走。「一生に一度でよいから自分の力でお金を稼ぎたい」という同病の少年たちの夢を実現するために家業の印刷業を元に作業所を開設しました。少年は稼いだお金でお母さんにエプロンを買ったそうです。少年たちは、山下さんに励まされながら指先に残る機能で夢を追いました。

新堂《しんどう》　薫《かおる》さん

朝毎《あさごと》の気合《きあ》いボーナス目《め》の前《まえ》ぞ

新堂さんが大学卒業後に就職したのは、労働条件を整えるだけの経済的後ろ盾もない無認可作業所「千川作業所」でした。しかし、封入・封緘作業というビジネススタイルに足掛かりを得て、今では東京でもトップレベルの賃金を障がいのある人に支払っています。知的障がい者の特性に合わせた働く場づくりは、全国の施設のお手本です。

第十回

大場《おおば》 俊孝《としたか》さん

白《はく》鳥《ちょう》も人《ひと》も安《やす》らぐ村《むら》ひとつ

大場さんは、看護師の経歴があります。お父さんの会社を引き継いだことから、精神障がい者の雇用に取り組んで大きな成果を上げました。受賞から二年。白鳥の飛来で有名な築館町にある会社は、東日本大震災の影響を受けて一時閉鎖。障がい者の従業員も転職を余儀なくされましたが、無事再開を果たし、ＮＰＯ法人の就労支援にも取り組んでいます。

中崎《なかざき》ひとみさん

香《かお》り立《た》つクッキー白《しら》息《いき》豊《ゆた》かな朝《あさ》

「年間二億円のクッキーってどれくらいの量になるかご存知ですか」。中崎さんは笑いながらこんな問いかけをしました。たくさんのクッキーを焼こうという働く人の気迫から、がんばカンパニーの工場ではいつもクッキーがコインに見えてしまいます。障がいのある人自らの意志で、働いたお金で夢をかなえていくことの大切さ。ひとつの理想です。

第十一回

佐治《さじ》リエ子《りえこ》さん

生《い》きて吐《は》く酵母《こうぼ》の白息《しらいき》大切《たいせつ》に

ぶどうなどの果実から取り出した天然酵母。ガラス瓶の中でサイダーのように泡つぶが生まれていきました。障がいのある人の生地をこねる姿も超一流の職人そのもの。精神障がい者の働く場の開設に反対した町内会も今では大応援団です。佐治さんはリタイアしましたが、後を継いだ人たちによって今も最高品質の天然酵母パンが生まれています。

北山《きたやま》 守典《もりかず》さん

年《とし》用意《ようい》珠玉《しゅぎょく》の梅干《うめぼ》し日々《ひび》包《つつ》む

北山さんが活躍した和歌山県みなべ町は、紀州南高梅の特産地です。町内外に散在する南高梅の栽培・加工場や菓子工場、鉄工所と、きめ細かな対応で精神障がい者の働く場を拡げ、その方法は北山方式として全国に知られるようになりました。贈呈式のあった十二月も、大粒の梅干しが最高級のお歳暮となり、全国に向けて発送されていました。

第十二回

清田《きよた》　廣《ひろし》さん

実《みの》る秋《あき》を導《みちび》きし手《て》よ手話《しゅわ》の手《て》よ

清田さんは、大阪の聾唖者運動の先頭に立ってきた人です。教育や就労のみならず、医療や福祉にも手話がなくては満足なサービスが受けられません。聾唖者の介護ヘルパー養成にも尽力。介護が必要な聴覚障がい者のもとに同じ聴覚障がい者のヘルパーを派遣する仕組みは、聴覚障がい者の働く場と福祉の提供という一石二鳥の成果を上げました。

柴田《しばた》 智宏《ともひろ》さん

蒜山《ひるぜん》の雪《ゆき》と浄《きよ》さを競《きそ》う蕎《そ》麦《ば》

岡山県蒜山高原の障がい者の仕事として見事に製麺事業を成功させた柴田さん。蕎麦やうどんに顧客の要望を取り入れ、お土産品や冷凍麺を開発。流れ作業も取り入れて、売上を積み上げていきました。安住することなく、鳥取県倉吉で障がい者、高齢者、母子家庭など就労困難者を従業員とするペットフード会社を立ち上げて、軌道に乗せています。

第十三回

皹《あかぎれ》とおむつ親《おや》子《こ》を超《こ》えし人《ひと》の輪《わ》よ

楠《くす》元《もと》 洋《よう》子《こ》さん

重度障がいの娘と都城に戻った楠元さんは、紙オムツのまとめ買いで「米やの娘」としての才能を発揮、活動資金を積み上げました。また、重度障がい者向けのきざみ食に端を発した配食事業では一日二千食。オムツの洗濯も企業の制服レンタルクリーニングに発展し、今は医療的ケアを要する重度障がい者のための事業所づくりに邁進しています。

堀込《ほりごめ》 真理子《まりこ》さん

励《はげ》む師走《しわす》パソコンの恩《おん》忘《わす》れめや

外資系ソフト会社でキャリアを積んだ堀込さんは、障がい者にこそパソコンが役立つことに気づき、職域の方向を転換。社会福祉士として再スタートしました。通勤困難な頸椎損傷や脳性まひの方々に在宅就労テレワークを実現。春兆さんもまた、堀込さんの支援により特殊なキーボード付きパソコンでワードや電子メールを操れるようになったのです。

第十四回

風間《かざま》 美代子《みよこ》さん

草《くさ》むらは枯《か》れること無《な》し年《とし》を継《つ》ぐ

「か弱い野兎も隠れることのできる草むらがたくさんあれば、安心して人参畑に出かけることができる」。風間さんは精神障がい者が暮らす場や働く場を増やしてきました。農地を譲り受け野菜やシイタケの栽培に取り組むほか、デパートの飲食フロアにオープンした無農薬野菜レストランが若い女性や子育ての終わった老夫婦などの間で人気です。

熊田《くまだ》 芳江《よしえ》さん

銘菓《めいか》なり冬至《とうじ》南瓜《かぼちゃ》も大変身《だいへんしん》

春兆さんは熊田さんの施設の朝市や養鶏場の様子に惹かれ、最初に「授賞重ねて祝う会津のくるみ餅」「歳祝うみんなお出でよ人も鶏《とり》も」を預かりました。事務局が会津ではありませんよと意見したところ、プリンを題材にもう一句届きました。春兆さんがいくつも浮かべる程、熊田さんは精神障がい者の働く場を福島県の泉崎村に拓いたのです。

第十五回

宮嶋《みやじま》　望《のぞむ》さん

雪《ゆき》の野《の》を宝庫《ほうこ》に変《か》へし底力《そこぢから》

頼もしくて楽しくなる巨牛の群れ。いかにも北海道らしい光景だが、原野をここまでイメージチェンジしてしまった。それを支えているのが、身体障がい・ホームレス・知的障がい等、陰の世界の人として疎外されていた人々だというのだから驚く。その人々に大志を抱かせて、蘇らせた人の偉大さには驚嘆の他ない。そんな意味を籠めた底力のつもりだ。（S）

佐伯《さえき》康人《やすと》さん

実《みの》る秋野《あきの》から人《ひと》から湧《わ》く力《ちから》

ショックだったのは、無農薬無肥料による農業のこれだけの大事業を成し遂げさせた、その原動力になったのが、授かったCP（脳性まひ）のお子さん方だったこと。同じ重いCPで長い生涯を生きて来た私には、ずしんと来る重さ以外のなにものでもない。自然に自分の両親が思われて、親しみが湧いた。数年前だったら、早速ハンディキャブを予約していただろう。（S）

第十六回

西谷《にしや》 久美子《くみこ》さん

称《たた》えよや首都《しゅと》特産《とくさん》の聖夜《せいや》菓子《がし》

西谷さんは世田谷の街で精神障がい者の働くことや暮らすことを支援してきました。十二月になると仲間が働く喫茶店がある尾山台の駅前通りはイルミネーションが点灯し、クリスマスの華やいだ雰囲気に包まれます。そこで味わう世田谷産のりんごを使ったアップルパイ。思わず顔がゆるみます。贈呈式の会場でも振る舞われ、春兆さんも楽しんだのでした。

林《はやし》　博文《ひろふみ》さん

年《とし》用意《ようい》人《ひと》得《え》てこその梨《なし》・葡萄《ぶどう》

果樹園は、とても広大です。冬の間に六七五本の梨の木ひとつひとつに堆肥を入れ、葡萄の木百十五本の枝の剪定もあります。これができるのもみんなの力があればこそ。新しい年が楽しみです。林さんは、みんなの収入が安定するように夏から晩秋にかけて収穫できる複数の品種を植えています。福井では珍しい葡萄の栽培も収入安定に一役買っています。

第十六回　特別賞

花田《はなだ》 春兆《しゅんちょう》 自祝

お祝い
生《い》きて来《き》し卆《そつ》寿《じゅ》の幸《さち》を噛《か》みしめよ

「ありがとう」
生《い》きて来《き》し卆《そつ》寿《じゅ》の幸《さち》に酔《よ》う今《こ》宵《よい》

あとがき

僕はやはり、僕が顧問を務めるＪＤ（ＮＰＯ法人日本障害者協議会）との関係で、まほろばを考えていたと思います。

うまれたばかりのＪＤが僕たちの障害者団体を囲い込んで出発していたので、僕たちもやっていけたと思います。

ちょうど、それと同じように、ヤマト福祉財団が障害者の仕事づくりの動きをよくまとめてくれたと思います。

第三回ヤマト福祉財団賞表彰式のとき、即興で受賞者を賞賛する俳句を詠んだら思いのほか好評で、以後、受賞者が決まるとその功労を俳句に詠み、墨で色紙に書いて渡すのが恒例のようになりました。飛び入りの俳句がまさにお墨付きを得たわけです。

それを可能にしてくれたのは、財団の二代目常務理事だった伊野武幸さん。そして伊野さんからバトンを継ぎ、このような句集にまとめることにも尽力してくれた現常務理事の早川雅人さん。早川さんは、僕に代わってたくさん解説も書いてくださった。僕と同じＣＰ（脳性まひ）であって、プロカメラマンの勝野《かつの》一《はじむ》さんが、国のまほろば・奈良「東大寺」入口の天邪鬼と僕との見事なツーショット!? を撮って、その時の写真で本書を飾ってくれた。ヤマト福祉財団の実施する賞とそれに寄り添ってきた僕の俳句との関係のようで、とてもあっていると思う。

序文を寄せてくれたＪＤの藤井克徳さん、解説の荒井裕樹さん、そして、この本のために奔走してくれた皆さん、本当にありがとう。

花田春兆

平成二十八年　晩秋

解説　「春の兆し」は何度でも

荒井裕樹

花田春兆が何者であるかを説明するのは難しい。巻末に掲げた役職・肩書・経歴を書き連ねても、この人の独特の存在感は伝わらない。それでも強いて一言で説明するならば、「人と人とを繫ぐ人」という言い方が一番しっくりくるかもしれない。

障害を持つ当事者が、社会の中で暮らしたいと願い、平等な社会参加を成し遂げるために立ち上がった活動を「障害者運動」と言うのであれば、日本のそれは一九七〇〜八〇年代に最も盛り上がった。中には障害者への差別糾弾を掲げた硬質なものもあり、社会との朗らかな交流を意図した柔和なものもあった。障害者も人であり、運動の現場は自らの生活と尊厳をかけた切実な空間である。立場によって利害や信念が嚙み合わぬこともあり、派閥間で火花が散ることも少なくなかった。

学生時代、私は春兆と知り合い、彼の導きによって障害者問題を学びはじめた。その縁で、当時の運動に関わっていた人たちの思い出話を聞くことも多かったのだが、驚いたのは「花田春兆」の名が、誰にでも、どこにでも通じるパスポートだったということである。春兆は持ち前の明るい人柄とユーモアのセンスで利害と信念の波間をかき分け、時には対立する人と人を繋ぎ、時には出会うことのなかったはずの人と人とを繋いできた。

実際、私は名だたる運動家たちの口から、尊敬や愛着と共に「春兆」の名がつぶやかれる様子を何度も見聞してきた。伝説的な運動家であり詩人でもあった横田弘（一九三三―二〇一三）も、まだ幼かった長男に「ぼくは春兆さんを超えることが夢なんだ」と語って聴かせたという話を、後にご子息本人から伺ったことさえある。

歴史というものは、人と人とが接する点から動き出す。大事な仕事を成し遂げた人には、必ずといってよいほど運命的な「人との出会い」があるものだ。「障害者業界」の中で、春兆ほどその「出会い」を演出した者はいないだろう。少し大仰な言い方をすれば、春兆がいなければ、戦後日本の障害者運動は起こらなかったのではないかとさえ思われる。

春兆が「人と人とを繋ぐ」ことができたのは、言葉の力に与《あずか》るところが大きい。春兆の言葉は心を射貫く。その人が何を誇りとし、自負がどこにあり、どんな強さと弱さを備えているかを見極め、心の隙間に刺さるような言葉を放つ。気さくで肩肘張らないが、針の穴を通すような言葉の力――春兆はそれを俳句によって鍛え上げた。

幼少期、障害故に就学できなかった春兆は、通常の学齢より二年遅れて「東京市立光明学校」（現・東京都立光明特別支援学校）に入学し、俳句と出会った。俳句は単純だけれども奥が深く、奥が深いけれども作りやすい。不自由な身体でも表現し得る無限の世界があることに感動を覚え、以来、春兆は俳句の道を追求し、俳句と共に生きてきた。

幼少期に噛みしめてきた障害故の苦悩も〈就学猶予クレヨンポキポキ折りて泣きし〉、生涯の伴侶と出会った幸福も〈君の瞳を恋うや蜻蛉の眼の中に〉、大切な生命を授かった喜びも〈父とならむ喜憂刻々除夜の星〉、子の人生を担う責任への憂いも〈いざる父をまだ疑わぬ涼しき瞳〉、春兆は句に託して表現してきた。春兆ほど、俳句と共に生き、俳句が生きることと結びついた人物もめずらしいだろう。まさに「境涯俳句」の旗手である。

その花田春兆の仕事を追いかけてきた者として、思うことがある。日本には「語り伝える人」がいないということだ。

日本の福祉事業は、障害当事者や、その者らと志を同じくする人々（多くは民間人）の並々ならぬ努力によって支えられてきたという一面がある。中には財力も権力も持たない市井の人の、血の滲むような努力に支えられた事業も少なくない。

それらの福祉の現場では、重い障害がある人も誇りと生きがいを持って暮らせる社会を目指して、日夜努力が重ねられている。人が生きることは、喜怒哀楽を重ねていくことにほかならない。だから福祉現場には、率直で切実な喜怒哀楽に溢れたところが少なくない。

人が生きていくための日々の努力からは、時に「哲学」と呼びたくなるほど奥深い知恵が生まれてくることがある。しかしながら、その貴重な産物を広く社会へと投げかけ、長く後世へと伝える役割を担う人物が、日本社会にはいないのである。

福祉の現場で汗をかく人たちは、みな例外なく多忙を極めている。自分たちの営みの重要性を実感する余裕も、語り伝える余力もない。これほどに崇高な哲学を秘めた人々が語り伝えられずにいること。春兆が胸を痛めるのは、この点だ。

春兆は真摯に生きようとする人を愛し、人が生きていけるために汗かく人を愛している。その人が生きた事実そのものが、後に続く者を励まし、進むべき道を示してくれるような人を尊敬している。春兆は詠む。〈仏にも鬼にもなれず汗の顔〉。極楽でも地獄でもないこの世を動かすのは、仏でもなく鬼でもなく、額に汗する平凡な人間たちだ。

春兆の句や随筆には、「汗」や「息」という言葉がしばしば印象的に使われる。幼い頃から、自分を背負ってくれる人の、その背中越しに伝わる体温と息遣いを感じてきたからだろう。春兆は誰よりも「人を支えるのは人」であることを知っている人物である。

そもそも、「人を讃える」とは、どういうことなのか。春兆なりの答が、この句集に収められた句の数々だ。ヤマト福祉財団小倉昌男賞受賞者のために詠まれた春兆の句は、福祉の現場で汗かく人の足跡を写生したものだ。写生句らしく、すっと口に馴染む。つぶやく度に、その句を受けた人の名と顔と、授賞式の夜の光景が甦る。そう、人が人を心に甦らせること。それこそ春兆における「人を讃える」ことなのだ。荘厳な銅像は、自ら歩いて人に会えない。豪華な建物も、いつか人は寄りつかなくなる。しかし、その人を讃え愛おしむ名句は、水のように心に染み込み、風のように口伝てで広まり、土のように日々の生活に根付いていく。その水と風と土の中から、ふたたび名句に値する志を持つ人が若草のように芽吹いてくるだろう。ヤマト福祉財団小倉昌男賞を受賞された方々は、まさに「春のはじまり」を告げる方々だ。

そのような真摯な人たちがいて、その人たちを讃える花田春兆の句がある限り、「春の兆し」は、きっと、何度でも訪れるだろう。

（あらい・ゆうき／障害者文学研究者、二松學舍大学）

「ヤマト福祉財団小倉昌男賞」受賞者一覧

公益財団法人ヤマト福祉財団では、給与などの労働条件の改善を通じて働く障がい者の生活向上に貢献している人や、障がい者の日常生活の良き相談相手となり多くの障がい者に生きる自信と喜びをもたらしている人などを対象に広く推薦を募り、毎年二名の方々に贈っています。創設時は「ヤマト福祉財団賞」として、第六回からは故小倉昌男氏の功績をいただき「ヤマト福祉財団小倉昌男賞」に名をかえて現在に至っています。

花田春兆氏とは、第三回ヤマト福祉財団賞贈呈式に臨席されたとき、祝賀会場で受賞者に即興で俳句を詠み、贈呈されたことでご縁が始まりました。以来、選考委員会が終わると新受賞者と現地の様子を報告し、贈呈式の会場でご披露いただくことが恒例となりました。

なお、句の解説の末尾に（S）とあるものは、春兆氏ご自身による解説です。また、受賞者の肩書は当時のものです。

第一回ヤマト福祉財団賞（新作）　平成十二年十二月九日

伊藤静美さん　社会福祉法人一麦会　麦の郷　常任理事

金子鮎子さん　株式会社ストローク　代表取締役

第二回ヤマト福祉財団賞（新作）　平成十三年十二月八日
日浦美智江さん　社会福祉法人訪問の家　理事長
伊澤雄一さん　社会福祉法人はらからの家福祉会　理事・施設長
第三回ヤマト福祉財団賞　平成十四年十二月九日
武田　元さん　社会福祉法人はらから福祉会　理事　蔵王すずしろ施設長
小島靖子さん　有限会社ヴイ王子　総務・取締役　社会福祉法人ドリームヴイ　理事
第四回ヤマト福祉財団賞（新作）　平成十五年十二月九日
永山盛秀さん　社団法人沖縄県精神障害者福祉会連合会　わんからセンター　相談員
谷口奈保子さん　特定非営利活動法人ぱれっと　理事長
第五回ヤマト福祉財団賞　平成十六年十二月十日
天野貴彦さん　社会福祉法人ウィズ町田　理事　町田市障がい者就労・生活支援センターらいむ　センター長
松村茂利さん　大阪うどん　つくし　店長

第五回ヤマト福祉財団賞特別賞

秋元波留夫さん　日本精神衛生学会会長　元国立武蔵療養所所長
調　一興さん　社会福祉法人東京コロニーおよび社団法人ゼンコロ名誉会長

第六回ヤマト福祉財団小倉昌男賞　平成十七年十二月七日

太田　勇さん　社会福祉法人調布市社会福祉事業団　知的障害者通所授産施設　すまいる施設長
宮崎　潔さん　社団法人愛知県セルプセンター　名古屋市障害者雇用支援センター　所長

第七回ヤマト福祉財団小倉昌男賞　平成十八年十二月四日

亀井　勝さん　社会福祉法人ひびき福祉会　理事長
高橋昌巳さん　社会福祉法人桜雲会　理事長

第八回ヤマト福祉財団小倉昌男賞　平成十九年十二月五日

山田昭義さん　社会福祉法人AJU自立の家　常務理事
西澤　心さん　社会福祉法人まいづる福祉会　ワークショップほのぼの屋　施設長

第八回ヤマト福祉財団小倉昌男賞特別賞

丸山一郎さん　埼玉県立大学　保健医療福祉学部社会福祉学科　教授

第九回ヤマト福祉財団小倉昌男賞　平成二十年十二月四日
山下ヤス子さん　社会福祉法人まほろば福祉会　理事長
新堂　薫さん　社会福祉法人武蔵野千川福祉会　理事　チャレンジャー　施設長
第十回ヤマト福祉財団小倉昌男賞　平成二十一年十二月四日
大場俊孝さん　株式会社大場製作所　代表取締役　特定非営利活動法人栗原市障害者就労支援センター　ステップアップ　理事長
中崎ひとみさん　社会福祉法人共生シンフォニー　常務理事　がんばカンパニー　所長

第十一回ヤマト福祉財団小倉昌男賞　平成二十二年十二月七日
佐治リエ子さん　社会福祉法人さっぽろひかり福祉会　統括管理者
北山守典さん　ＮＰＯ法人ワークネット　理事・事務局長

第十二回ヤマト福祉財団小倉昌男賞　平成二十三年十二月五日
清田　廣さん　社団法人大阪聴力障害者協会　副会長
柴田智宏さん　社会福祉法人蒜山慶光園　理事　ワークスひるぜん　所長

第十三回ヤマト福祉財団小倉昌男賞　平成二十四年十二月四日
楠元　洋子さん　社会福祉法人キャンバスの会　理事長
堀込真理子さん　社会福祉法人東京コロニー　IT事業本部　トーコロ情報処理センター　職能開発室　所長

第十四回ヤマト福祉財団小倉昌男賞　平成二十五年十二月三日
風間美代子さん　特定非営利活動法人多摩草むらの会　代表理事
熊田芳江さん　社会福祉法人こころん　常務理事・施設長

第十五回ヤマト福祉財団小倉昌男賞　平成二十六年十二月四日
宮嶋　望さん　農事組合法人　共働学舎新得農場　代表
佐伯康人さん　株式会社パーソナルアシスタント青空　代表取締役

第十六回ヤマト福祉財団小倉昌男賞　平成二十七年十二月三日
西谷久美子さん　社会福祉法人はる　常務理事
林　博文さん　特定非営利活動法人ピアファーム　理事長

第十六回ヤマト福祉財団小倉昌男賞特別賞
花田春兆さん　俳人

協　力＊公益財団法人ヤマト福祉財団
ＮＰＯ法人日本障害者協議会
編集協力＊坂部明浩

著者略歴

大正14年大阪府生まれ。出生時脳性まひにより歩行・起立不能、言語障害がある。東京市立光明学校（現・都立光明特別支援学校）研究科修了。昭和22年、身障同人誌「しののめ」創刊。29年、中村草田男主宰の俳句結社「萬緑」入会のち同人。句集『天日無冠』『喜憂刻々』、句文集『折れたクレヨン』、評伝『「殿上の杖」明石検校の生涯』『「鬼気の人」俳人富田木歩の生涯』、評論『「日本の障害者」その文化史的側面』『「一九八一年の黒船」ＪＤと障害者運動の四半世紀』ほか多数。総理大臣・都知事表彰、朝日新聞社社会福祉賞、ヤマト福祉財団小倉昌男賞特別賞ほか受賞表彰多数。

句集 まほろば
ヤマト福祉《ふくし》財団《ざいだん》小倉《おぐら》昌男《まさお》賞《しょう》受賞者《じゅしょうしゃ》を讃《たた》えて
平成二十八年十二月九日　初版発行
著　者　花田《はなだ》　春兆《しゅんちょう》
発行者　山口亜希子
発行所　株式会社書肆アルス
東京都中野区松が丘1-27-5-301
〒一六五-〇〇二四
電話〇三（六六五九）八八五二
印刷・製本　株式会社厚徳社

ISBN978-4-907078-18-8 C0092